KB122172

星座同人詩集 Ⅱ

왜
뱀은 구르는 수레바퀴
밑에 자기머리를 집어
넣어 말벌과 함께 죽어
버렸는가?

姜　敬　和
강　창　민
金　有　新
馬　光　洙
신　승　철
安　慶　媛

차례

책 머리에

「…말벌이 뱀의 머리 위에 앉아 침으로 계속
쏘아 댔으므로 뱀은 아파서 견딜 수가 없을 지
경이 되었읍니다. 그러나 뱀은 아무리 생각해도
복수할 방법이 없었으므로, 구르는 수레바퀴 밑
에 자기머리를 집어넣어 말벌과 함께 죽어 버
렸읍니다.」

　위의 이야기는 이솝 우화에 나오는 이야기다. 우
리들은 두번째 詩集의 이름을 이 우화로 부터 따오
기로 했다.
　뱀과 말벌의 관계는 敵과 敵의 관계이다. 우리는
지난번 첫번째 시집의 이름을 「敵과 敵」이라고 붙
였었다. 우리들의 궁극적인 敵은 詩이며,　生活이
며, 歷史이며, 또한 우리들 자신이었다. 우리들은
지난번에 우선 우리가 맞서야할 對敵關係를 확실
히 가늠해 본 것이다.
　그러나, 적이 어디에 있다는 것을 확실히 아는
이상, 우리는 그 사실 자체만을 확인한 채 그대로
있을 수만은 없다. 우리는 적을 발견하고 그를 부
숴버려야 한다. 그러기 위한 다짐으로, 우리는 이
책의 이름을 말벌과 뱀의 관계를 빌어 붙인 것이다.

4

뱀과 말벌의 관계는 우리들과 詩와의 관계, 現實과의 관계, 또는 우리들을 괴롭히고 고민하게 만드는 그 모든 것들과의 관계와도 같다.

그렇지만, 우리가 과연 뱀처럼 자기의 목숨을 걸어서까지라도 敵을 쳐부술 수 있을지는 의문이다. 아직도 우리들은 죽음을 두려워 하고 있다. 아니, 죽음 그 자체를 잊으려고 노력한다. 現實이라는 거대한 늪속에 빠져서 헤어나오지를 못한다. 우리들은 「죽음을 잊어버리고 사는」世代들이다.

詩가 우리들을 죽음과 팽팽한 맞섬의 관계에로까지 이끌고 가 줄는지 모르겠다. 하지만 우리들이 지금 갖고 있는 武器는 단지 詩밖에 없다는 것을 우리들은 잘 안다. 生活을 배설해 내기 위해서, 보채대는 사랑을 달래기 위해서, 그리고 죽음과 맞서기 위해서 우리는 詩를 쓴다. 죽기 싫어서 시를 쓴다.

그러나 우리들은 결국, 말벌과 함께 죽는 뱀의 勇氣를 갖고싶다. □

姜　敬　和

시구문 밖의 잠

지난 밤에는
시구문 밖에 앉아있었다.
홀로 목소리를 가다듬으며 나는
꽃 한 송이를 들고있고
몇 마장이나 더 멀리에서 그대는
오늘 저녁 나를 찾는다.

남루한 옷에 싸여 잠든
저 걸인이 얼굴을 가져갔을까.
문을 열면
우르르 무너지는 하늘 가에서
푸른 연기만이 이리로 쫓겨오고
기나긴 눈물의 길을 나온 사람들이
다시 벼랑 끝을 바라본다.

시구문 밖으로 떠나며 마음 죄는
그대가 울고 있다.
꿈도 잘 닿지 않는 몇 만리
해지는 들판에서
백골을 드려다 보며 점점 더 크게
그대가 흔들리고 있다.

이슬진 길을 나와
쓸쓸한 하늘과도 갈라 선 노래는
드높히 창궁을 눈 앞에 걸어놓고
우리들을 찾고 있는데

시구문 밖에 앉은 저 밤이
지나가는 새벽인양 잠시
저를 잊은채 이리로 오고 있다.

샘물푸기

샘물을 푼다.
상처뿐인 이웃의 발 밑에서도
오늘은 지하수가 넘치는구나.
하늘이 보이는 곳까지 나와
누구나 하루의 깊이에서
다른 물을 푼다.

샘 곁에 서면
새벽 종소리 만큼 시원한 목소리로
가까이서 바다가 열리고
불빛이 어두울수록 하늘은
험하고 깊은 밑바닥에
더욱 푸른 하늘을 펼치려 한다.

거대한 밤을 향해 서도
돌멩이만을 날릴 밤 사람들이여
샘은 마을 먼 곳에서
제 마음을 파고 있다.
이제는 잠이 깨어
한 아름의 나팔꽃을 안은 채
어딘가로 떠나는 사람들이여.

샘물을 푸자.
두레박이 닿지 않는 밑바닥까지
모든 발 밑에서 그득히
물을 길어, 지난 밤에
하늘을 등지고 있던 사람들에게
혼자서도 넘치는 웃음을
가르쳐 주어야지

마을 Ⅰ

불길한 꿈 속이다.
젊은 매 한 마리를 잡으러
사냥꾼들이 길을 떠났구나.
목아지에 흰 수건을 두르고 피를 찾아
왼 동리의 마음이 다
산을 넘는다.

죽은 체하던 개들도
연기 오른 저녁에 사납게 울고
그림자 하나 없는 마을에
청천 하늘만 남아,
길 속에 홀로 남은 나는
벼랑 끝의 다른 길을 살피고 있다.

떨려야 할 것이 떨리지 않는다.
기러기 마저도 소리를 죽인다.

마을 Ⅱ

산허리의 구석 구석까지 핥은 새가
부리를 떨며
집 곁으로 날아 온다.

춥다.
멀리까지 간 새들은 모두 춥다.

한줄기 들판 위의 비처럼
밤내 날아 오른 새들이
마을 밖의 밝아오는 새벽 하늘에
머리를 부딪치고,
새들이 겨우내 깨뜨리지 못한 수평선이
마을 안을 드려다 보며 얼어붙고,

다시 새들을 날려 보내는 것은
마을의 힘이다.

저녁 항구

바다를 드려다 보아도 좀체로
항구는 보이지 않는다.
수평선뿐인 바다.
그 끝에서 되밀려오는 바다는 늘
거기 멈추어 있고
떠나기를 잊은 사람들이
무덤 몇 개를 만들고 있다.

쉬고 있는 사람들
생각에 지쳐, 하나의 동작에서
다른 동작으로 변하지 않고
돌아서는 사람들.

해가 지면 항구가 떠오른다.
짙은 비린내와 눅눅한 바람 사이로
사람들은 슬픈 그림처럼 앉아 있고 부두 끝에서
서늘해진 소리들이 달아나는 곳으로
오랫동안 달려온 길들이
항구의 끝을 벗어나고 있다.

돌아올 수 있을까, 그들은
보이지 않는 항구에서 항구로
소리 없는 불만을 지나
번쩍이는 노을과 그물을 찢으며
그림 같은
저녁 항구에서 그들은 일어설 수 있을까.

잊어버리자, 항구를.
무덤을 뒤로 헤엄치며
몇 번씩 다다른 수평선에 닥아가는 동안
항구는
아침 하늘 쪽으로 멀어져 간다.

하산기(下山記)

1. 길을 떠나다

밤내 가야 한다.
마을로 가는 길을 피하는
슬픔은 오히려 안전하고
내딛는 발이 산에서 멀어질수록
닥아오는 하늘은 날카롭다.

길에는 일어설 수 없는 사람들과
서리내린 가을들판
그리고 거뭇한 낟가리들이
별도 없는 하늘 밑에
흔들리지 않고 서있다.

오늘보다 더 멀리 가기 위해
꽃도 시냇물도 거부하며
캄캄한 들판에 서서
부르는 소리 만큼 밤은 깊은데
마을 보다 더 먼 꿈 속까지 뻗어있기에
길은 더 험한가 보다.

그치고 싶어라.
천둥이 울리지 않는 새벽을 위해
모든 싸움을 그치고 싶어라.
이제껏 싸워온 나무 그늘 서너치 아래
땀을 식히면
긴긴 여름날 저녁을 보낸 뒤
몰래 돌아오는 사람들이 보일 것 같다.

2. 빈 들에서

오지 않나 보다
밤 하늘은 차겁도록 맑고
여기 저기 그림자가 모여서
빈 숲을 이룬다.

혼자서 가야 할 곳이 있나보다.
우뚝 우뚝 서 있는 나무들이
어둠 보다 앞 서 가려고
달빛 사이로 몸을 내미는데
길게 뻗으며
더 기다리려는 마음을 움추리고
이제는 일어서야 한다.

시냇물 소리가 귀신처럼 뒤를 따른다.
소리 없이 흘러 가려고
오랫동안 앉아 있던 사람이
깊은 바닥으로 쓰러진다.

비어서 깊은 곳이 더 깊어지려면
꽃 사냥, 노루잡이 따라
더 많은 사람들이 일어서야 하고
오지 않아야 한다.
혼자서 가야 한다.

18

3. 강 건너 마을

얼음 조각 떠도는
강어귀, 싸늘한 옷깃을 여미고 서있다.
아름다운 얼굴과 웃음도 벗어서
벼락치던 그 날 저녁의
빈 들판에 널어놓고

먼 길을 돌아왔구나.
간 밤에 이사한 사람들은 다시
강 건너에 구름낀 얼굴로 서있고
천리 밖에서는 아직도
나무 한 그루 타는 소리가
그치지 않는다.

낯선 곳에서 더 낯선 곳으로
밤 사나이와 떠난 그대여
네 눈물도 서둘러 지나간 여기서
누가 피묻은 눈으로 울고 있는지
검은 하늘에서
짐승같은 구름들이 내려보고 있다.

그리움을 버리려 더 그리운 곳으로
떠난 그대여,
거침 없이 부르며 오라.
지금은 강물에 비친 네 모습이
두려워도, 이 밤이 개이듯
문득 그리운 사람들 앞에 서면
고운 무지개를 품어올리려고
동쪽 하늘에서 비가 내린다.

강 창 민

말의 처형 1

말을 처형하라 명령이 내렸다.
사내들은 말을 가두고
녹슨 칼을 갈았다.

무우꽃이 쩡쩡하게 핀 아침에
간밤의 꿈을 처형했듯이
흰 말의 목에 칼을 박았다.
힝힝거리는 말의 싱싱한 피가
칼자루를 쥔 사내들의
떨리는 손에 젖는다.

죽여도 죽여도 피에 젖은 채로
다시 살아나는 말.
밤마다 마구간을 깨고 나온
피흘리는 말들이
마을을 휩쓸고,
계집들은 몸살을 앓는다.

말을 처형하기를 거부한 이웃 몇이
말을 타고 간밤에 떠났다.
그들은 다시 돌아오지 않을 것이다.

말의 처형 2

길들여진 마지막 말의 목에
사내들은 칼을 박았다.

그러나 명령을 거두어지지 않았다.
말 대신 처형할 만한 것이
언제 사내들에게 있었던가
마구간에는 피에 젖은 말들만 있다.

사내들은 잠들지 못했다.
개구리의 울음이 그치지 않는 밤에
나무는 잎을 부적처럼 흔들고
말은 바람처럼 달려와
잠든 가축을 죽인다.

무서운 밤
사내들은 칼만 갈았다.
칼 가는 소리.
밤새 간 칼들이 푸르게 쌓이면
계집들은 짙게 화장을 한다.

떠난 이웃들을 그리워한 사내 몇이

걸어서 떠났다.
그러나 돌아오리라
피묻은 옷을 입은 채로 곧 돌아올 것이다.

말의 처형 3

처형했던 말의 목에
다시 칼을 박을 수 밖에 없었다.
그들의 소유지에 말뚝을 박았듯이

죽일수록 더 기운찬 검은 말의
목에 박힌 칼끼리 부딪치는
피묻은 칼의 피묻은 쟁강소리.

걸어서 떠난 사내들이
눈밭 속으로 돌아왔다.
어느 마을도 그들을 받아 주지 않았다.
눈덮힌 들에는 돌아온 사내들의
흔들리는 발자국만 마을로 향한 채
눈 속에 파묻히고 있다.

이제 칼도 바닥이 났다.
빈 광에서 돌아온 사내들은 잠든다.
칼이 없는 사내들의 초라한 잠.
사내가 잠들자 눈이 그치고
계집들은 몰래 나와 마굿간으로 다가간다.

말의 처형 4

마을의 계집들이 몸을 풀었다.
강보에 싸인 죽은 망아지.

사내들은 망아지의 주검을
들 저편의 빈 마을에 묻었다.
사내들이 마을로 돌아온 저녁에
노을만 창마다 걸려 있고
말도 계집들도 사라지고 없었다.
여기도 빈 마을.

사내들끼리의 저녁
달은 술취한 사내들을 버려두고
진다.

말의 처형 5

피바다 속에서 잠을 깨었다.
사내들이 말의 목에 칼을 박았듯이
그들의 목에 칼이 박혀있다.

계집들의 다정한 이름도 부르지 못하는
피흘리는 사내들이
이름을 좇아 이름을 좇아 달리고
말이 죽었듯이 잠에 쓰러진다.

새벽마다 계집들은
잠든 사내들의 목에 칼을 박았다.
최초로 사내들이 박은 칼이
최후로 사내들의 목에 박힐 때까지

밤마다 사내들은 꿈의 수렁에서
말의 냄새를 따라 피흘리며 달리다가
마구간에 눕는다.

말과 계집들의 발자국을 지우는 바람이
빈 마을을 휩쓸고
남아있는 것은 명령뿐이다.

조우(遭遇)

1. 적의 웃음

그곳에서 적을 만났다.
내게 준 녹슨 비수.
나는 비수를 들고 江에 갔다.
넘실거리는 푸른 우울이
흰 돌 사이로 흐르는 江.
나는 비수를 씻었다.

날이 선 비수를 보고 적이 웃었다.
나는 비수를 내 살에 박고
상처에서 솟구치는 내 모략을 보며 웃었다.

적도 그의 가슴에 칼을 박았다.
피는 흐르지 않고
상처 깊숙히 썩고 있는
적의 모략만 엿보인다.

우리는 웃었다.
어느듯 붉은 달도 따라 웃고
내 몸이 피에 젖었을 때
적은 쓰러졌다.

28

피묻은 칼도 적의 곁에 쓰러지고
적의 웃음이 굳은 채 썩고 있다.
그러나 나는
더 웃을 수가 없었다.

2. 밤

문득 적이 잠에서 깨었을 때
사내의 차거운 손이 목을 만지고 있었다.
적의 곁에는
촉감과 눈뿐인 사내가
어둠에 숨어 떨고 있었다.

창 밖에 달이 떠올랐다.
사내는 달빛에 쫓겨다니다
칼을 쨍그랑 떨어뜨렸다.
그때 사내의 전신이 돋아났다.
적은 사내의 얼굴을
보았다. 사내는 바로 나였다.

적과 나는 칼을 향해 손을 뻗쳤다.
칼자루를 쥔 적이 용을 쓸수록
칼날은 내 손에 파고든다.
고인 핏물에 달빛이 진저리를 치며
창 밖으로 도망쳤다.

방이 어두어질수록
나는 사라지고
적과 사내가 칼을 잡은 채
나의 잠에 묻힌다.

30

서기 이천년

U.F.O 를 타고 왔다.
이천년의 강을 예언처럼 거슬러왔다.

허물어지기 시작한다.
무덤과 집들과
사내와 계집이 쌓은 가치와 개념의 도시들이
예수의 발뿌리에 무너진다.

서로를 심판하던 시간이
사람에게서 사람에게로만 불던 바람이
꽃의 아름다움이, 노래의 노래다움이
겨울비처럼 쏟아진다.

허물어지고 부서진 것들이,
수억개의 갑골동물이 다시
예수의 발뿌리에서 일어난다.

들에 핀 잡초와 하늘의 새는
향기와 날개를 나누어 갖고
아무도 가꾸지 않아도 상처입지 않는다.

물고기에게서 사자에게로
개미에게서 꽃에게로, 나비에게서 사람에게로
바람이 분다.
사람들의 아름다움의 꽃의 노래가 된다.

사람의 사람다움과 꽃의 꽃다움과
사자의 사자다움을 싣고
U.F.O 는 사라진다.

모래내 다리 근처 2

어둡다.

별은 보이지 않고
별보다 먼저 켜지는 노점의 등잔
사람을 기다리는
늙은 사내와 애 밴 계집들.

아무도 좌판 앞을 지나지 않고
모래내의 썩은 물만 흘러
썩은 곳에서 죽은 곳으로
빈 교외선 열차가
불을 켠 채 흘러간다.

헐린 술집 터에
작부들이 부르다 만 노래 가랭이
땅아래 깊히 파묻히고 만다.

어디로 갔을까
다리집의 예쁜이, 경상도집의 홀쭉이
술 취해 어디서 쓰러져 있을까

건너 둑 위에 웅크린 어둠

어느 시든 잡풀 대궁이에서
낮 내내 아이들에게 쫓기던
잠자리 한 마리가 추운 잠을 잔다.

추운 잠.
춥지 않으면 껴안지 않고
모래내 사람처럼
서로를 가여워하지 않을 것이다.

밤이면 더 힘이 솟는
공사장 인부들의 햄머 소리가
점점 다가오고
싸이렌이 울리면
늙은 사내와 애 밴 계집들은
황급히 좌판을 거둔다.

겨울이 오기 전에
잠을 자두어야 한다.
집이 헐리기 전에
모래내 사람들은 잠을 자야 한다.

34

金　有　新

청용송(靑龍松)

1

하루에도 몇번씩
살아가는 법을 배운다.
오백년의 바람에
굽이굽이 휩쓸려
굽은가지,
이슬과 빗방울로 자라온
한모금의 생명.

천둥과 벼락
폭풍과 이글이글 끓는 빛의 타오름
나무꾼의 발바닥 굳은 살.
오백년의 피가 엉켜 붉으러진 뿔.
가끔 눈을 뜨고
쳐다 보는 옹이 매디
「참느니라 참느니라 참으며 살아야 하느니라」

바위 이끼 서린
龍 비늘을 세우고
하늘 한자락을 맑게 쓸어
별자리 잡아 둔다.

2
오래 바라보고 살다가
바람도 물맛도 잊는다.
흙의 생명도 모른다.
꿈의 분수도
가난도 끈기도 모른다.

뜨거운 불의 햇빛
천둥과 벼락 폭풍
낫과 도끼를 견디어
물 한모금으로 굳게 살아온
지혜를 위하여
기나긴 목숨의 애기를 위하여,

아픔의 옹이를 배워
손길은 저절로
너의 가지 하나하나
푸른자락 넓혀
텅빈 내안을 차지한
바람의 그림자를 깊이깊이 심는다.

유왕골에서 나의 휘파람은

청룡산 유왕골을 오르다가
휘파람을 분다.
계곡에 엎드려 흐르는 물소리.
으름, 다래, 머루, 칡넝쿨,
물푸레나무, 갈참나무, 참싸리, 철쭉
언듯 언듯 보이는
심산해당화, 자귀나무, 돌배, 산살구
벼랑에 앉아 하늘을 뒤 덮은 늙은 소나무.
알아들을까, 홀로 부는 나의 휘파람을
산속 소문을 조용히 퍼뜨리는
산딸기 송이송이에
귀빛 상긋한 아랫마을 아이들의 웃음도
함초롬 익는데
도라지, 나리, 산초꽃을 찾아
훨훨 호랑나비 뜨고,
더덕냄새 물컹물컹 토해 내는
산새소리
꾀꼬리, 산까치, 황금새, 접동새, 휘파람새.
알아들을까.
내 홀로 부는 휘파람을
사람의 소리가 아니라

산바람 소리로 퍼져라.
깊은 골짜기에 소리끼리 어우러지는
나의 詩,
바람에 날개쳐 하늘로 떠가는.

쑥

그리운 가난을 뜯는다.

봄빛 괸 뚝을 찾아
쑥을 뜯는
할머니.

아장아장 걷는 손주를 데리고
한손에는 대소쿠리
또 한손에는
낡아서 오히려 날카로운 칼.
부황난 뱃속에다
시레기를 쏭덩쏭덩 자르기도 했다.
양지바른 뚝에는
한 부분씩 한 부분씩 죽었던
숨결
올 봄에도 다시 살아
쑥이 돋았다.

보리고개 마루턱
개쑥떡과 쑥버무리
가난을 나눠 먹던

아픔은 아픔대로
기쁨은 기쁨대로
흘러서
바람이 인다.
황사 바람이 인다.

하얀머리
구름에 실리고,

밝은 햇볕 찾아 디디는
손주를 앞세우고
쑥을 뜯는다.

등불 하나

한가지 한가지씩
산채나물 이름을 배워
홀잎나물, 칡, 고사리, 더덕, 도라지.
앞치마에 뜯겨진
허기.

옹달샘 곁
옹이 자바기에 담겨진
산채나물
저녁상이 향긋다.

바람에 밀려 밀려서
파도를 타고 밀려든
산마을
형수님.

별빛처럼
어둠을 지우고
등불하나
정적을   밤새(鳥)가 피를 토하듯 흔든다.

형님을 찾아서

사람의 기침소리가 커 보이는
산마루 골짝
청아한 병풍을 쳐 울리는
꿩이 있다.

소 몇 필
소나무 그늘 피하여
봄빛에 기대고,

산을 일구는
땀손으로 반가워 한다.

큰 나무가지
뿌리와 그늘을 피하여
텁수룩한 나룻과
구리빛 이마.
하늘.
흰구름이 쉬어 간다.
바람이 쉬어 간다.

잔잔한 옹달샘
안으로 찾아드는
바람 한점을 지우고
맑은 생활의 샘물을 뽑아 올리고 있다.

찬 이슬

아지랑이가 빛에 빗긴 女人의 눈물이라고 한다.
노을빛으로 내려오는 어린 별들의 이야기라 한다.
풀벌레 밤새밤새 주워 꿴 구슬이라 한다.

지리산을 찾아

노고단을 찾는
산길을 오르면
물이 된다.
섬진강의 은어가 된다.
구름 한 자락
뿌리를 내린
노고단 중턱
늙은 소나무
쉬엄쉬엄 이끼낀 바위
앉아 쉬다 보면
한자락 구름송이가 된다.
한여름 잎을 흔들며 지나는
바람이 된다.

들 · 아이

아이는 마른가지를 들고
마당 한 귀퉁이
포도 덩쿨 그늘을 파헤치고 있다.

송글송글 땀방울을 올리는
작은 손에는
푸른 바람이 뜯겨져 있다.

아이 머리위에
나비 한 마리
원무(圓舞)로 돌고
종달새 꽃밭에
사픈사픈 구름을 올린다.

나비를 따라서
나비의 걸음새로
연보라
장다리꽃 밭을 찾는다.

안개꽃 바람을 흔들며
나비떼를 날리는

장다리 꽃대궁 꺾어
잘근잘근 씹는다.

안개꽃에 맺힌
바람
아이는 푸른 바람을 뜯는다.

추석 대보름

1. 농악을 울리며

추석 대보름
동구밖 느티나무 정자에
감나무, 대추나무, 꼭대기에
대보름 달을 올려 놓고
흥겨운 복구를 돌려라.
목에 힘을 넣고 휘휘 돌려라.
달무리 만큼 둥글게 그려 보아라.
둥글게 둥글게
선의 아름다움
흥겨움을 그려 보아라.
하늘에서 내려준 은총으로
둥근 아름다움을 그리며 산다.
어깨도 들썩
흥겨운 술대접을 받으며
오곡을 익혀 놓은
뜨거운 농악
집집마다
맑은 샘을 뽑아 올리는
대보름달
밤을 흔든다.

2. 우리네 가슴에 비친 달과 별

송편을 빚자.
동서(同婿), 시누이
큰 함지가에 둘러 앉아
새악시 꽃버선
작고 예쁜 코를 올리듯
빚어 내는 송편을.

쪽진 아낙
가르마 위에
둥근 달덩이 기승기승 오르고

시루에
솔잎 흥건한
김이 오르면
둥실둥실 떠오르는 달.
참기름 바른 송편.

달과 별
우리네 가슴에 그렇게 비친다.

3. 아이들아 지금 어디로 갔느냐

풍년을 흔들고 있는
수수잎을 딴다.
바소쿠리에
깊은 산중에서 내려온
거북이를 만들고
아이들은
옷과 모자를 만들어
대보름달이 떠 오르면
산중에서 내려온
거북이를 앞세우고
춤을 추고
노래를 하며
떡을 얻는다.
거북아 춤을 춰 보아라.
거북아 춤을 춰 보아라.
맛있는 떡을 얻어
가난한 이웃과 이웃이
나눠 먹는
더욱 아름다운 달밤아,
오래오래 밝아라.
아이들아

지금 어디로 갔느냐.
대소쿠리에 가득가득 얹어
이웃과 이웃
가난을 나눠 먹던
아이들아
산중의 거북이를
지금은 어디로 보내었느냐
허허로운 들에
목이 잘린
수수깡 잎만이
가을볕을 쓸고 있구나.
아이들아
멀리멀리 보낸
거북이를 찾아
풍요로우면 풍요로울수록
거북이를 둘러 서서
달무리 선을 그리며
춤을 추자.

※ 거북이 놀이 – 수수잎으로 거북 모양을 만들어 여러 사람이 쓰고 집집
        마다 돌면서, 떡과 술 등을 얻어 가난한 사람들에게 나
        눠주던 경기도 지방의 민속놀이.

馬 光 洙

효도(孝道)에

어머니, 전 효도라는 말이 싫어요
제가 태어나고 싶어서 나왔나요? 어머니가 저를 낳
으시고 싶어서 낳으셨나요?
또 기르시고 싶어서 기르셨나요?
「낳아주신 은혜 []길러주신 은혜 」
이런 이야기를 전 듣고 싶지 않아요
어머니와 전 어쩌다가 만나게 된 거지요.
그저 무슨 인연으로, 이상한 관계에서 우린 함께 살
게 된 거지요. 이건 제가 어머니를 싫어한다는 말이
아니예요.
제 生을 저주하여 당신에게 핑계대겠다는 말이 아니
예요.
전 재미있게도, 또 슬프게도 살 수 있어요
다만 제 스스로의 운명으로 하여, 제 목숨 때문으로
하여
전 죽을 수도, 살 수도 있어요.
전 당신에게 빚은 없어요 은혜도 없어요.
우린 서로가 어쩌다 얽혀 들어간 사이 일 뿐, 한쪽
이 한쪽을 얽은 건 아니니까요.
아, 어머니, 섭섭히 생각하지 말아주세요.
「난 널 기르느라 이렇게 늙었다, 고생했다 」

이런 말씀일랑 말아주세요.
어차피 저도 또 늙어 자식을 낳아
서로가 서로에 얽혀 살아가게 마련일테니까요.
그러나 어머니, 전 어머니를 사랑해요.
모든 동정으로, 연민으로
이 세상 모든 살아가는 생명들에 대한 애정으로
진정 어머닐 사랑해요, 사랑해요.
어차피 우린
참 야릇한 인연으로 만났잖아요?

왜 나는 순수한 민주주의에
몰두하지 못할까

　노예(奴隷)들을 방석대신으로 깔고앉는

　옛 모로코의 국왕이 나오는 영화를 보고 돌아온 날
밤

　나는 잠을 못 잤다 노예들의 불쌍한 모습에 동정이
가다가도

　사람을 깔고 앉는다는 야릇한 쾌감(快感)으로 나는
흥분이 되었다.

　그 내겐 유일한 징그러운 자유인

　죽음같은 성욕(性慾)이 나를 짓눌렀다.

　노예들이 겪어야 하는 원인모를 고통에 분노하는
척 해보다가도

　은근히 왕이 되고 싶어하는 나 자신에 화가 치 밀었
다.

　그러나 역시 내 눈앞에는 왕의 화려한 하아렘과

　교태부리는 요염한 시녀(侍女)들의 모습이 어른 거
린다.

　이 얄미운 욕정(慾情)을 가라앉히기 위해서 나는

　온갖 비참한 사람들을 상상(想像)해 본다

굶어죽어가는 어린아이의 퀭한 눈
쓰레기 통을 뒤지는 거지할머니,
그런데도 통 마음이 가라앉질 않는다.
왕의 게슴츠레한 눈과
피둥피둥 살찐 쾌락(快樂)들이 머리속에 떠올라
오히려 비참(悲慘)과 환락(歡樂)의 대조가 나를 더
흥분시킨다.
아무리 애써보아도 그 흥분은 지워지지 않아
나는 그만 신경질적으로 수음(手淫)을 했다.
왜 나는 순수한 민주주의에 몰두하지 못할까

다음날도 나는 다시 극장엘 갔다.
나의 쾌감을 분석해 보기 위해서, 지성적(知性的)으
로
헌데도 역시 왕은 부럽다 반나(半裸)의 여인들은 섹
시하다.
노예들을 불쌍히 생각해 줄 여유가 나에게는
없다. 그 동경(憧憬)때문에 쾌감때문에

그러나 왕을 부러워하는 나는 지성인(知性人)이기
때문에 창피하다.
양심(良心)을, 논리(論理)를, 평등(平等)을, 자유(自
由)를
부르짖는 지성인이기 때문에 창피하다.
노예의 그 비참한 모습들이
무슨 이유로 내게 이상한 쾌감을 가져다 주는 걸까
왜 내가 평민(平民)인 것이 서글퍼지는 걸까
왜 나도 한번 그런 왕이 되고 싶어지는 걸까 아니
그럭저럭 적당히 출세라도 해서
불쌍한 거지들을 게슴츠레한 눈으로 바라보고 싶어
지는 걸까
왜 나는 순수한 민주주의자가 되지 못할까
왜 진짜 민주주의에 몰두하지 못할까

사랑이여

당신이 바닷가의 게센 파도(波濤)같은 생각이 들 때가 있어요. 저는 바닷가의 작은 바위. 당신은 사나우리만치 강한 사랑으로 저를 압도하여 옵니다. 그러면 저는 어쩔 수 없이 매일매일 당신의 사랑속에 빠져들어가 버려요. 당신은 언제나 웃으며 춤추며 저에게 달콤한 목소리로 휘감겨와요. 저는 당신의 품속에 얼굴을 묻고 행복으로 흐느끼지요. 그러나 저는 그토록 큰 당신의 사랑에 내 작은 몸을 지탱할 수 없읍니다. 그래서 제 몸은 당신의 품안에서 차츰 깎이어 작게 허물어져 가요. … …그러면서 그러면서 저는 늙어요.

세월이 아주아주 흘러 … …제가 당신의 사랑을 감당 못하리 만큼 몸이 깎이어 없어져 버린다면 어떻게 할까요? 당신은 제가 당신의 사랑을 마음껏 받아들여 주지 않는다고 화를 내실꺼예요. 그리고 저보다 더 크고 더 억센 바위를 찾아, 새로운 사랑을 찾아 나서실 꺼예요. 그러나 저는 이미 몸이 부서져 흩어져 버려, 당신을 붙잡을 수가 없어요. 저는 단지 힘있게 출렁거렸던 당신의 사랑을 되새기며 바다위를 떠다니겠지요. 그러다가 … …전 아예 죽어 물거품처럼 사라질 뿐이구요. … …잊혀져버릴 뿐이구요.

신(神)

神이 드디어 나타났다는 소문이 들렸다. 사람들이 모두 몰려나와 神을 구경하고 있었다. 神은 거리 한복판에 들어누워 있었다.

神의 모습은 아주 괴상했다 얼굴엔 눈이 다섯개, 코가 세개나 달려 있었다. 입은 사발만큼 크고, 손가락은 양쪽을 합쳐 스무개나 되었다. 온몸엔 금빛나는 털이 덮혀 있었다.

빽빽히 모여있는 사람들 사이의 여기저기에서 감탄하는 소리들이 새어나왔다. " 어쩌면 저렇게 우람한 몸집을 하고 있을까? " "털이 저토록 금빛일 수가 있어? " "저 입을 봐, 얼마나 늠름해 보여?

그때 神이 갑자기 재채기를 했다. 여섯개의 콧구멍과 ㅣ다란 입에서는 콧물과 더러운 가래가 한꺼번에 튀어나와 사람들에게 튀었다. 그러자 사람들은, "에그머니, 이게 웬일이야? "하고 소리를 지르며 냅다 우르르 흩어져 달아나 버렸다.

석조전(石造殿)

임금님이 사시던 덕수궁엘 감히 들어와

때묻은 은전(銀錢) 몇푼 내고 무엄(無嚴)하게 들어
와

석조전앞에 서면

나는 내 기분을 주체할 수가 없다.

우선 저 동양(東洋)과 서양(西洋)의 을씨년스런 배
합(配合)도 그렇지만

특히나 석조전은 서양의 고대풍(古代風)을 닮은 순
돌집인 까닭에 아무래도

고대 로마의 노예제(奴隷制)생각이 울컥나서

주제넘게도 노동자(勞動者)들이 불쌍해 진다.

아름다움이 꼭 진'기일까, 노동자들은 석조전의 아름
다움을 음미(吟味)해가며

그 돌집을 지었을까

제법 민주적 지성인인체 하는 나는

이 야릇한 흥미를 어떻게 처리해야 할까

석조전의 흰 돌들을 보면 또 이런 생각도 든다 가령

흰 갈매기나 백조(白鳥)가 순백(純白)의 피부를 자
랑하며
  아름답게 살아가기 위해선
  작은 물고기들을 수없이 잡아먹어야 한다.
  (가끔 고기의 핏방울들이 그 고상(高尙)한 흰 털 위
에 묻을지도 몰라)
  하긴 나도 훌륭한 민주시민이 되기 위해선
  계속 식물이건 동물이건 잡아 먹어야 하지
  때론 사람까지도 자유까지도

  역사와 역사(役事)의 관계도 그렇다 예를 들어
  만리장성(萬里長城)의 역사(役事)가 중국의 역사와
위신(威信)을
  한껏 높여주었다 그렇지만
  그걸 짓느라고 참 많이들 죽었다.
  역사(歷史)가 위냐 역사(役事)가 위냐
  그러나 역시 나는 석조전 앞뜰이 내집 정원(庭園)쯤
이라면 참 좋겠다.

내가 그 안에 사는 왕이라면 더욱 좋겠다.

그렇다면 석조전을 보며 느끼는 이 민주주의식 울분
(鬱憤)은 뭐냐

질투(嫉妬)냐

동정(同情)이냐

양심(良心)이냐

나는 모른다 모른다 모른다.

석가(釋迦)

한겟 말 」밖에, 다른 무엇이 더 있겠느냐
내 차라리, 한낱 벙어리였으면 좋을 것을.
人生 八十은 너무도 짧아, 내 이제 허무(虛無)히 죽
어가나니
뉘 있어 나를 죽음의 고통에서 구원해 주리?
수만(數萬)마디 설법(說法)들이 지금 내게 무슨 소
용이 있으랴

나는 미쳐「중생(衆生)」을 죽이지 못하였다.
「말 」도 죽이지를 못하였다.
선(善)도 악(惡)도 미(美)도 추(醜)도 죽이지를 못하
였다.
늙고 지쳐 병(病)들은 이 몸, 껍질만 남은 더러운 몸
뚱어리를
미쳐 죽이지 못하였다.
아아, 도(道)를 죽이지 못하였다.

그대들은 먼저 나를 죽여라,
싯퍼런 비수로 내 가슴을 찌르라.
희망을 죽여라 해탈을 죽여라.

64

우리들은 새로운 자유를 만들어낼 순 없다.
다만 자유가 아닌것들을 죽여야 할 뿐
보이는 대로 보이는 대로 죽여 없애야 할 뿐!

부처를 만나면 부처를 죽이라
나한(羅漢)을 만나면 나한(羅漢)을 죽이라
보살(菩薩)을 만나면 보살(菩薩)을 죽이라
네 부모를 죽이라.
친척과 권속을 죽이라, 그리고

사랑을 죽이라,
너를 죽이라!

차라리 벙어리라면 얼마나 좋으랴
차라리 백치(白痴)라면 얼마나 좋으랴
날카로운 식칼아래, 싱싱한 펄떡임으로
핏방울 흩뿌려, 힘있게 죽어가는 생선(生鮮) 토막이
라면,
—내 얼마나 좋으랴.

포플라

포플라는 오늘도 몸부림쳐 날아오르고 싶어한다.
놓쳐버린 그 무엇도 없이
대지의 감미로움 만으로는 아직 미흡하여

다만 솟구쳐 날아오르는 새가 부러워
끝간데 없이 뻗어나간 하늘이 부러워
바람이 부러워
포플라는 자유의 의미도 모르는채
언제껏 손을 쳐들고
흔들고만 있다.

날아오르라, 날아오르라, 날아오르라,
땅속에 묻어버린 꿈, 역사에 지친 생활의 빛에
체념(諦念), 권태(倦怠)로 하여 잊어버린
네 생명의 자존심 섞인 의지에!

아무리 흔들어보아도 손에 잡히지 않지만
아픔도 잊고 세월도 잊고 안도도 잊고
포플라는 오늘도 안타깝게 손을 휘저어 본다.

명백히 놓쳐버린 그 무엇이라도 있다는 듯이.

66

영구차(靈柩車)와 개

　슬픈 유족(遺族)과 조객(弔客)들을 싣고 장지(葬地)
로 가던 영구차는
　시골기에서 그만 개 한마리를 치어 죽였다.
　작은 삽살개는 그만 아픔에 못이겨
　깨개갱 거리며 울다가 죽어 버렸다.
　영구차는 잠시 주춤 섰다. 그러나 다시금 목적지를
향해 장중하게 달렸다.
　죽어가는 개를 측은히 여기던 차안의 사람들도
　차가 한참을 달려 개에게서 멀어지자
　다시금 관(棺)속에 누운 고인(故人)을 생각해 내곤
　곧 개의 아픔을 잊어 버렸다.
　고인을 위한 슬픔의 무게는 개의 죽음의 무게 보다
더 컸다.
　내게도, 멀리서 점점 작아지며 들려오는 개의 깨갱
소리가
　마치 바이올린의 고음(高音)인냥 아름답게 조차 들
렸다.
　내게도 고인에 대한 사랑은 컸다.

　며칠 전, 명동 뒷 골목에서의 일이 생각난다.
　웬 거지 한 사람이 기진(氣盡)해 쓰러져 있는 것을

보고
난 울컥 불쌍하다는 생각이 들기는 들었다가
아마 술이 취한 녀석일꺼야 하고 애써 자위(自慰)하
며
슬쩍 눈 길을 피해 지나가 버렸다.
사실 난 그의 더러운 몸이 내 새옷에 묻을까봐
겁이 났었다 난 귀찮았다.
경찰이 어련히 잘 돌봐주겠지 생각했다.
또 나에겐 급한 약속이 있었다.

확실히
한여름, 대낮, 빌딩의 비좁은 그늘 아래서 낮잠을 자
는
지겟군의 더러운 얼굴에서 난 詩를 읽을 수가 없다.
한마리 파리가 꾀죄죄 때묻은 그의 표정속을 지나가
고
헤벌려진 입술 사이론 청계천 만큼이나 찐득 거리는
침방울이 흘러 내린다.
아무리 내가 민주주의를 사랑한다고 해도
더러운 걸인(乞人)의 몸뚱이를 껴앉고 詩를 외울순
없다. 또

68

하찮은 개의 죽음을 위하여 눈물을 흘릴 여유는 없
다.
　고인을 애도하기 위하여, 더 큰 슬픔을 위하여, 다만
그 차가 영구차이기 때문에

　언젠가, 무겁게 내리 누르는 일상의 무게에 짓눌리
어
　생활의 무게가, 고생의 무게가
　내게 시를 쓰게 한다고 그래서
　생활의 무게를 감수 하겠다고
　비겁하게 공언(公言)하던 것을 부끄럽게 기억한다.
　그런데도
　내게는 개의 아픈 비명(悲鳴)이 바이올린 소리처럼
들리고
　그의 아픔이 실감되지 않았다.
　지겟군의 고통이 실감되지 않았다.

　아아, 나는 모른다. 어떤 슬픔이 더 무거운 것인가를
　생활의 무게와 時의 무게가 어떻게 다른가를
　철학과 생활이, 사랑과 동정이, 神의 섭리와 생존경
쟁이, 귀골(貴骨)과 천골(賤骨)이

어떻게 다른가를
사람도 아닌 개를 위하여 슬퍼하는 것이 정당한가,
잊는 것이 정당한가를

그 차는 더 큰 슬픔을 싣고가던 영구차였다.
그 때 명동에서 나는 더 급한 약속이 있었다.

게으름 병(病)

텅 빈 방(房)에 혼자 누워있으면
내 사지(四肢)들이 흩어져가는게 보여요
팔은 팔, 다리는 다리대로
손은 손, 발은 발대로
몸뚱이는 조각조각 갈라져 내 앞을 지나가요.

이상해요, 몸뚱이가 맘대로 흩어져 버려도
내가 그것들을 불러 모을 수 없다는 것은
또 몸뚱이 없는 머리 혼자서도
이렁저렁 생각에 잠길 수 있다는 것은.

두 눈 조차 빈 허공을 날아가
방안을 빙빙 돌려, 눈 없는 내 머리를 바라다 봐요.
흩어진 살조각들을 물끄럼히 바라다 봐요.

참 치상하네요, 내 머리는 몸뚱이 없어 슬프지도 않
아요.
외롭지도 않아요.
사랑도 싫어요, 자유도 싫어요, 희망도 싫어요.

그저그저
졸립기만 해요, 가라앉고 싶기만 해요, 둥둥 떠
날아가고 싶기만 해요.

신 승 철

폭우(暴雨)의 잠

폭우가 멈췄다.
검은 삘딩과 삘딩 사이로
벌거벗은
노오란 달덩이가 떠올랐다.

저 무서운 달빛아래
병신이 된 울음소리
골목길을 나온
큰 그림자 아래
하얀 죽음, 하얀 나락.

커다란 시계판위엔
그림자를 떨어뜨린
한 마리의 푸른개가
누워 있다.

모든 거리의 벽속엔
한여자와 악인(惡人)이 노래하여
달빛은 투명해진다.
무한으로 달빛은
장미꽃에 찔리고 있다.

별들은 그의 천정을 노래하고
담 밖엔 숨은 이야기들이 수군거리고
땅에선 어둠이 알을 깬다.

비에 젖은 어둠의 땀방울도
쓰레기 비애와 숨을 쉬고
달빛은 투명해진다.
무한으로
하나의 은총인 죽음을
설탕처럼 녹이는.

주정뱅이 금빛 시간이
통행금지를 넘어
드디어 환각의 통제를 벗어났다.

꽃처럼 만발한 미친 달덩이의 밤
검은 삘딩과 삘딩사이로
투명해지는 어둠 폭포.

폭우가 지나고
깊어진 도시에

아무도 살지는 않고.

플라스틱의 나의 잠은
영영 돌아올 줄 모른다.

나의 무덤, 나의 즐거움

한 여름의 벌레들이
빠알간 나뭇가지 위에 매달려
그의 내부처럼 환히 우는

나의 무덤은
흙이 붕괴되는 곳
아직 흙 속에 불을 켜고 있다.

나의 무덤은
때로 도시의 낮은 구름 속을
상인(商人)처럼 떠돌아 다녀도

흙이 무너지는 곳
흙의 비밀한 통로 속에
다시 불을 켤 수는 있다.

어둠의 살 속 깊이 빛을 뻗치는
새파란 하늘가 욕망(慾望)의
막대한 황금들이 바다로 바다로만녹아들때

용맹한 사람들은 그들의 새를

하늘 깊숙히 놓아주고 그들의 무성한 이파리 속에서
거대한 회합을 한다.

나의 무덤은
산 사람들의 흙속에서 눈을 뜨고
산 사람들의 눈물을 달게 받아

즐거운 뼈와 즐거운 눈물로
한 줌 떡을 만든다.

중복(中伏)

담벼락은 담벼락을 지나서도
말없고 푸른 나무들은 푸른
나무들을 지나서도 말없고
팍팍한 뻘길 들은 팍팍한 뻘길들
잃은 것은 잃은 것, 무는 무(無)!

저기 까만 태양의 집앞에
일 세기의 재를 털며
소금가루를 떨어뜨리며.

한여름의
죽은 여름의 물을
반성시키고 있다.

작별하는 사물들은 사물들끼리
빨갛게 타
망령들을 부르고

오랜 침묵은
결국 사람을 망치게 했다.

먼데서
살아있는 자의 긴 외침을 보내오고
짧게 끊어지는 네 침묵을 보내오고
장미꽃은 무덥게 피어 있었다.
아 칠색의 파라솔아래
노래하는 자의 황홀한 죽음이여.

그대의 까만 눈물의 사람들 데불고
그대의 빨간 웃음의 사람들 데불고
그대의 땅을 파는 제 집의
개미 새끼들 데불고
홀홀 어둠을 날리우는

이 중복에
죽음의 미친 꽃다발 같은
행복을 아시는지요.

바다

세상의 힘으로는
돌아올리 만무한

저 바다에 한없이 열리던 소리의 열매들
속의 부드러운 울림들.

세상의 힘으로는
참 이 생명을
어찌하나.

그 탄화된 기쁨의 더미, 그 탄화된
슬픔의 더미 아래
참으로 그의 오랜 기다림위에
깊이 가라 앉은 땅덩이
그 거친 가슴 덮어주는
네 검은 눈의 부드러움은.

아라비아에서 잃고
멕시코에서 잃고
지중해에서 잃어버린
내 까만 눈물 하나는.

하늘에서 잃고
땅에서 잃어버린
내 슬픔 한 조각
내 기쁨 한 조각은…….

햇살은 세계의 지붕위를
비둘기처럼 내려와 앉고
바다의 소리는 바다의 소멸을 도우며
아무도 되돌아 오지는 않지만.

세상의 제일 큰 힘은
저 바다에 한 없이 열리는 소리의 열매들로서
허무의 겸손을
배우는 일일 것이다.

비가 말한다

황금 달빛도 피로 풀듯 타죽었고, 으슷한 밤도 타죽
었고, 땅의 깊은 물소리도 타죽었다.
꿈의 무지개, 햇살의 뿌리도
꽃도, 이슬도
타 죽었다.

비가 말한다.
피응얼대는 가슴에 간직한 낮은 목소리로
타죽은 이 여름의 잠 깊이 타죽은 숲속에
그의 날개를 퍼득인다.

푸른 숲가에, 빈 하늘을 짖는 뻐국새, 산까치, 은방
울새, 숲을 헤치는 푸른 빗소리.

대양(大洋)에서 깊어진 몸을 숨기고
철의 피, 물의 털을 태우며
새카만 비가
황혼의 젖은 시간을
뿌리 뽑는다.

비가 술래인 달빛 속에 기대어, 자신의 숨소리를
태우는 자유속에, 살아있다는 기쁨을 땅으로 내게
전한다.

모든 것은 다 타죽어
꽃이나 이슬처럼
사람의 뼈도, 사랑도, 눈물도,

들판을 움직이는 여러 풍경들도
다 타죽어,
지금 타죽는 숨소리만이
자유롭다고

비가 말한다.

가을 서정(抒情)

혼이여
저 평정의 아픔을
노래하게 하라.

일생의 끝을 날아간
이름모를 사람들
어깨위에 내리는 소리없는 하루
먼 해원(海原)의 풍악소리 머물은
반듯한 이 화강암위에
부드러운 해의 성량(聲量).

오늘 지상에서 가장 미천한 자의 꿈은
그의 온유한 나무들과, 바람과, 햇살로
살이 찌고
그의 환각(幻覺)을 웃고 있다.
비로소
하늘과 땅만이
영원으로 묶여
우리는 영원을 귀먹은 물소리로소리낸다.

혼이여
이제 남은 낙과(落果)의 하늘에서
무엇을 더 바라리.

이 가을 날은
일생을 저바린 사람의 꿈
그들의 이름이 낙과로 환원하는
저 평정의 남모를 아픔을
노래하게 하라.

쉬파리의 노래

무우꽃 하얗게 피어 있을 때
나비들만이 고운 실로, 어지러운
꿈을 그리고 있을 때

그대들 들었는가.
가시 덩쿨을 날아들어 비수하나 번뜩여
맹렬한 반격의 노래로
날카롭게 울던 쉬파리 놈
무우꽃 아린 향기 속을 떠돌던
아, 놈의 완성된
독을 뿜던 유쾌한 꿈을.

그러나 죽음이 하얗게 하얗게 타오르고 있었을 때,
어매의 버선 끝에서나 머물던
침묵위에
꿈은 생생한 거름으로 되어 갔을 때.

서서 울던 자여
애매한 충만의 빛으로
유예된 이 어둠의 시간을 벗고

무우꽃 아린 향기 속을 떠돌던
웬 놈의 슬픔들은
된 소리에 파묻혀서 잉잉 대는데,

그대, 눈빛을
소생시키는가

전생에 후추가루에 부활된
그 꿈의 향기로써
더운 내 가슴에 남아

마음 든든한 새벽을
기다리느리,

그 잔재의 시퍼런 독으로써
그대 서서우는 자여.

사월에

주여, 이 사월에는
속절없이 웃고 싶어하는 저 어린 식물들에게
무슨 책망이나 훈령 같은 건
내려 주지 마십시오.

강추위에 어지러왔던 겨울도 이제
금빛 무명실 하나로 남아
만생들은 실신하듯, 웃는듯 하옵니다.
그리고 모든 반성의 끝에, 비린 내음은 자라 오르고
사람들은 노오란 웃음 속에
미쳐버린 사람의 살을 비로소 털어 버립니다.

버릇없는 우리의 아이들은
길가에서 일없이 킥킥거리고
배고픈 영혼의, 속절없고 속절없는
웃음들의 가엾은 생각들이
사월의 새들을 쫓아냅니다.

빈털털이로
게으른 꿈꾸는 새들의 사월.

그러기에
주여 때론 도토리 만한 책망을
우리의 이웃과 우리의 아이들에게도
내려 주십시요.

安 慶 媛

점화

예정된 하루였네
쪽문이 시가지를 향해 열리는 경우
밤 배로 떠날 군중들이
아직은 활활 타는 햇불 아래서
독주를 들이키고 있는 안식일.

무성(無聲)의 서리 낀 밭에서
친족들이 모이고 갈대 숲을 부수고
다친 새는 피가 엉기기를 기다리고 있다.

말이 시작되는 덩쿨 나무에서
가시들은 불을 만들고
쩔려도 내려오는 혹성(惑星)의 열띤
꼬리가 말을 무찌르고, 새우 등이
되어 나르는 혀
내 너의 푸른 이끼였었나?

말라서 말라서 불이 되는 주검의
유리 상자 속, 떨리는 일은 없어
철교 아래 부락이 곡괭이 들고 겨루는
고국의 광맥. 강원도 바다 가까이
밤새 오징어가 떠돌고 있다.

바로 서는 긴 다리 끝에서
누룩 냄새의 波狀도 걷어차고
내 암담한 웃음 속 살기보다도
크게 오가는 물결의 시초와 종말을
알지 못하여 세차게 타오르다.

불길이 되어가는 바람. 바람 속의
칡덩쿨. 그처럼 무너 앉을 수 밖에.
마을 가득 고인 타액 속으로
새롭게 불을 당기며
사라진 종족 뒤에 오는 것은
파괴된 해안도 아님.

여기서도 끝나지 않을
오래된 대결이 강물로 흐를 때에
멀리 떠밀리어와 있는 돌섬은
무엇을 앓것인가.

칼을 씻는 국왕의 망명과
한무더기 학살되는 치자꽃의
침몰 또 침몰
내 너의 피 한방울로 이끌려 오거늘.

확실한 이야기

우리시대의 神은
휘날리는 빨래의 무정형 그림자 속에
혹은 폐지된 철로의 붉은 녹 위에
석탄가루로 분말화되어
길게 뽑혀진 혀일까?
발가벗은 인종(人種)들이 날리는
철제의 연(鳶)은
번개도 헤치고 나가
비개인 아침 뼈가 굵어지는
거인들의 거세된 뒤통수를
이제 더 누가 보아줄 것인가.
둑이 허물어져 내리는
폭풍우의 밤이
빛나는 몸들을 쓸며, 오래 오래 부랑하는
지구의 내심(內心)은
별 서너개쯤도 떠돌게한다.
보이는가
밀밭을 쪼아대는 학들이
단단한 천로(天路)를 향해
섬쩟 칼을 빼어든다.
이후로는 꽃이 될 수 없는

검붉은 심장이 너울너울 돌아오는
빈민촌 수렁에선
개구리 푸른 껍질이 떠오르고
울음이 그친 곳
그대 축복 속에 태어나던 날
천공에선 먹구름이 터지더라.

거북의 기도

무너져 내리는 사후(死後) 소식은
진흙이 되어간다는 동맥
황해의 끈기가 뜨거운 바다로 간다.
오늘 자정엔 비가 터질듯 하고
촉망되는 생전을 비추고 있는
화염의 별이 달려간다.

흔들리는 바닥을
살아남은 사람들은 필경 흔들거라만
매몰된 계곡 속의 인파는
미친 듯 평온하고
도시 여자들의 튼튼한 날개들
유성(流星)의 생태도 길들이고 있다니
이만하면 축복할만 하지 않은가.

파우스트의 절망은 끝났다.
황천을 저어가는 초록배 이물에서
연민스런 보혈도 응고되어
더이상 부화되지 않는
은장도의 종생기(終生記)

처음 어두워 오는 어둠은
어느 나라의 근육을 다듬고 있는가
나무의 끝에서 끝으로 달아나며
허공의 세포 속을 채우고 있는 갈증도
쉽사리 참담하지는 않아
다시금 피오르는 늪의 고임이여.

去來

하루를 갚는다.
처음과 끝은 저 밖에 두고
우리가 마신 물 한대접만
헹구어 낸다. 그래도 고달픈
이리도 비좁은 한 뼘 남짓한 해방
때로는 비끌어 맨다.
찬 비 속에 풀려난 너는 무엇인가?
매일 저녁 지쳐 돌아오는 문간에서,
그러나 축소된 절망을 부를 뿐
한길 저 끝에 가 있는 怪聲은
감히 내게 있지 않다.
지금쯤은 아주 질겨진 싸움들이
부슬 새도 없이 태어나고
마지막 추방을 향해
달음질치고 있는 이 상징들.
가시 속에 철당 속에 비추인다.
우리보다 앞질러서 와해되면서
우리의 의미도 함께 깨어지면서
그래도 정숙한 마돈나여 !

어제 죽은 사람의 시간도 아직 흐른다.
죽음은 발 밑에서
우리를 저주하게 한다.
승리와 의무를 기쁨까지도
모든 말이 새어나온 후
이 땅은 축복될 것이다.
우리의 미지(未知)로써
그때도 내려올 검은 밤으로서.

유랑의 무리

몇바퀴인가
이내 돌아오는 꽃의 피빛 용기
황토를 적시는 월출의
서늘한 칼부림 속에서
찬란한 도시가 떠오르고
사내들의 질긴 근육이 이어진다.

모든 흐르는 것들에게
휴식을 주장하는 신생(新生)의 칠흑 밤
산맥이 뻗어가는 기나긴 권태를 사르고
검은 머리털의 아이가 심는
세속의 한 귀퉁이에서
그리 흔쾌한 것은 아니었네.

푸른 천궁(天穹)속을 가는 술잔들.
맹수의 단단한 동공이 보여준
쓰디쓴 약속, 비오는 저녁의 집행(執行)
곧게 내리는 만민의 체액으로
아아 풍요로운 유배지
갈라져서도 생장하는 혀들은
무엇을 말할텐가.

충족을 기다리는 불임(不姙)의 유희가
종일 빨아들이는 모래의 피부
파동치는 비늘로 붉은 땅을 지키는
가난으로의 함몰
깨진 어깨를 파먹는 피의 계약은
그늘진 일생쯤 넉넉히 신고 가겠지.
언제나 이르게 오는 바람은
흔들리는 기대 속에 살생를 금하니
살과 살의 부딪침으로 도전한다면
아직도 인간이라는 것
열기 속의 국가는 지금 이륙(離陸)하는
싱싱한 밀내음으로
깊숙히 파괴되리라.

활터 · I

이쯤해서 떠난다면
소양강 상류에서 장어가 오르리라
싸움이 치열한 동안
세상을 향해 나오고 있는 손톱도
그보다 당당하지는 못해서
썩어야 한 줄기가 되고
담백한 육신이 제 불길에 타도
도달할 수 없는 곳.

버려진 땅
몇방울의 증기로 시작된
유민(流民)의 첫 새벽이 아직 부끄럽다.
그러나 노역(勞役)이다.
더이상 돌아갈 곳이 없어서
또다시 도착하는 암벽이
비추이며 물가가 되기를 기대하는
빗나간 터전이려니.

거기에도 솔씨가 닿으면 향기롭고
핏자욱을 씻어내는 담수(淡水)가 고이어
씀바귀가 자라는 것을
낡은 집 녹슨 못은 보았겠지.

오후의 광채 속을 걷는
노인의 외로움이 빈 산을 울릴 수 없어
먼 곳을 휘돌아 오는 북풍이
햇볕과 섞일 때
이 곳을 등지는 자가 향하는 곳
어디인가도 알 수 없으련만
쓸려오는 저녁과 서해는
넘칠 수 없으매 기억된다.

버릴 수 없던 땅과
버려져서 자라는 땅의
내내 괴로운 영합이 부르는 종말도
이제는 오지 않아
천지 간을 떠 올리는 살기로
사공이 저어간다.

활터 · II

뼈다. 초록의 강물 짚으면
깨어 온다던 이
아직 저 밖에서 끓는 땅을 다지고 있어
창대 끝을 돌아가는 거북의 입은
홍수 일던 밤도 알고 있겠지만
멀리서 떠나는 섬 하나
그것을 받들기 위해 흐르고 있다.

허공의 무게
구름이 뜨기에도 축축한 신시(新市)의
이끼 숲에 번쩍이는 새벽 바람도
들어 올릴 수 없어 꺾이우고
어두워 오는 물길에서
만나던 미역의 춤들.

그대로 내려가 보리라
게들이 두고 두고 파내던 통로의
한 끝에 묻혀 있는
전사자(戰死者)의 여윈 목은 알 것 같아
비바람 맞던 나무의 죽음 또 죽어짐이

지금도 가고 있는 곳을
번개 속에 드러내던
희디 흰 몸들이 부르던 것을

그러나 이루어지지 않는다면
성급하게 꼬리를 재던
고기떼가 해를 보려
암울한 물살을 헤치고 오르던 날
강은 동결되어
하늘과 땅이 비추고 있는
살아있음의 살음과
죽음속의 죽음
비수를 꽂아도 깨어지지 않는
아아 넓직한 얼음장.

활터 · Ⅲ

습지에 숯불이 인다.
한 귀퉁이 흥건이 고이는
무사한 피, 이끌려 오는 상처들
유린된 산봉우리들은
솟아올라 돌아보리
영원히 보이지 않는 것들의 눈으로
지금 터지고 있는 산협의
불기 잃은 기대를
처음 흙이 모이던 때를.

가고 오는 세속이 잠들고
달이 마을 뒤에 숨어
한번 더 등을 돌리는 날
물의 혀끝이 되는 노의
객기떤 발언이
천리 길 아래 침전한다면
게서 곧은 삼치 뼈를 딛는다면
알까, 하늘 아래 떠도는
바람의 모래의 가슴을.

106

사막이 식어
모래 부서지는 소리
소리를 감싸는 장막
차마 쓸쓸한 수도 없이 사라지는
모든 숨쉬는 것들아
저어가라, 이미 지나간
동토(凍土)의 첫 밤을 향해.

파도의 단면(斷面)

그날, 무대위의 답변은
썰물때였다.
무중력 속에서 한떼의 겨울밤이
망서리고 섰는 와중(渦中)
물구비에 앞서 파문만 일어
절벽이 도괴하면
날아가자는 약속이다.

무엇이 전환되고 있는가
젊은 여자의 아이가
불덩이의 일몰(日沒)과
김오르는 강물을 본다.

꽃뱀의 혀라든가
폭죽을 일으키는 한 세대의 장면도
모래알의 사건이면 그만두자.
네 팔뚝의 문신(紋身)은
지난날, 피로써만 맺던 암흑의 소산이지
땅밑보다도 검은 칠흑의 굴레를
밝히는 역류에 피어 있더니

이제는 고난이다.
불꺼진 강의 흙으로 메워져
눈과 눈의 보상을 기다리는
단명(短命)한 초인들아.

너의 종언(終言)이 밀어낸
지폐와 노숙(路宿)이 달려갈 즈음
발기하는 이 세파의 가시들은
영영 끝나지 않는 도태와 생성을
사랑까지도 기습하고 있지 않은가.

봄날의 난류
가장 가벼운 흔들림도
선뜻 날지 못하던
탄생이여, 대리석의 몸
또 무너짐이여, 인도하라
여태 깎이고 있는 삼각산의 정점이
네 눈에 와 박히는
찬 새벽

다시 멸종한다.
현해탄의 멸치떼가, 질긴 어망도
물속에서, 천지가 우뢰치는 밤 속에서
힘센 자가 묻히고, 수염이 자라고
그래도 사라질 것이면 가거라
네 최초의 폐허로
모래 한알 남지 않은
익명의 도시로.

安 慶媛

1951년 京畿道 仁川
연세대학교 영문과 대학원
졸업
중앙대학교 강사
「現代文学」推薦(1976)
영등포구 당산동 5가 강남
아파트 4동 504호

馬 光洙

1951년 서울
연세대학교 국문과 대학원
박사과정 재학중
연세대학교 문과대학 강사
「現代文学」推薦(1977)
동대문구 신설동 102-42

金 有新

1944년 京畿道 安城
安城에서 농사를 짓고 있음
「現代詩学」推薦(1975)
「70년대 사화집」공저 (1976)
경기도 안성군 보개면 동문리
「꽃집농장」

강 창민

1947년 慶南 密陽
연세대학교 국문과 졸업
「뿌리깊은 나무」에 근무
연세문학상 수상
「現代文学」 推薦(1976)
마포구 연남동 370 - 49

姜 敬和

1951년 忠南 公州
연세대학교 영문과 대학원
졸업
중앙대학교 강사
「朝鮮日報」 新春文芸 詩 当
選(1974)
「現代文学」 推薦(1975)
마포구 연남동 370 - 49

신 승철

1953년 京畿 江華
연세대학교 의과대학 졸업
세브란스 병원 정신과
근무
연세문학상 수상
「現代文学」 推薦(1977)

星座同人詩集 II

왜
뱀은 구르는 수레바퀴
밑에 자기 머리를 집어
넣어 말벌과 함께 죽
어 버렸는가?

저 자 / 姜 敬和, 강 창민, 金 有新, 馬 光洙, 신
승철, 安 慶媛 ·발행인 / 연 규석·발행처 / 유림
사(전화 02-794-4490)·인쇄처 / 신광문화사·
인쇄 / 1978년 12월 25일·발행 / 1978년 12월
31일 / 재판 발행 / 2018년 7월 31일

값 12,000원